ROALD DAHL

Geordie's Mingin Medicine

Translated by Matthew Fitt
Illustrated by Quentin Blake

First published 2007 by Itchy Coo
99 Giles Street, Edinburgh, Scotland EH6 6BZ

ISBN 13: 978–1–84502–160–3
ISBN 10: 1–84502–160–6

Originally published as *George's Marvellous Medicine*
by Jonathan Cape Ltd in 1980

A CIP record for this book is available from the British Library

Typeset by RefineCatch Limited, Bungay, Suffolk
Printed in the UK by Creative Print and Design Group Ltd

Contents

WARNIN TAE READERS: Dinna try tae mak Geordie's Mingin Medicine yersels at hame. It micht be dangerous.

Grannie

'I'm gaun oot tae the clachan for the messages,' Geordie's mither said tae Geordie yin Setterday mornin. 'Sae be a guid laddie and dinna get up tae ony joukery-pawkery.'

That wis a glaikit thing tae say tae a wee laddie at ony time. Richt awa, Geordie wis wunnerin whit kind o joukery-pawkery he could get up tae.

'And dinna forget tae gie yer Grannie her medicine at eleeven o'clock,' the mither said. Then oot she gaed, steekin the back door ahint her.

Grannie, that wis doverin in her chair by the windae, opened yin wickit wee ee and said, 'Noo ye heard whit yer mither said, Geordie. Dinna forget ma medicine.'

'Naw, Grannie,' Geordie said.

'And jist you try and behave yersel for wance while she's awa.'

'Aye, Grannie,' Geordie said.

Geordie wis that bored he could greet. He didna hae a brither or a sister. His faither wis a fermer and the ferm they steyed on wis miles awa frae onywhere, sae there wis never ony bairns tae daff wi. He wis scunnered wi gawpin at grumphies and chookies and kye and sheep. He wis even mair scunnered at haein tae bide in the same hoose as yon gloomy auld golach o a Grannie. Lookin efter her aw by himsel wisna the spairkiest wey tae spend a Setterday mornin.

'Ye can mak me a braw tassie o tea for a stert,' Grannie said tae Geordie. 'That'll stap yer joukery-pawkery for a wee while.'

'Aye, Grannie,' Geordie said.

Geordie couldna help no likin his Grannie. She wis a grabbie crabbit auld wumman. She had peel-iewally broon teeth and a wee snirkit-up mooth like a dug's bahookie.

'Hoo mony sugars in yer tea the day, Grannie?' Geordie spiered her.

'Yin spoon,' she said. 'And nae milk.'

Maist grannies are douce, couthie, helpfu auld buddies, but no this yin. She spent aw day and ilka day sittin in her chair by the windae, and she wis aye compleenin, girnin, greetin, grummlin and mulli-grumphin aboot somethin or ither. Never wance, no even on her brawest days, had she smiled at Geordie and said, 'Weel, Geordie, hoo are ye this mornin?' or 'Come on, we'll hae a gemm at Snakes and Ledders?' or 'Hoo did ye get on at the schuil the day?' She didna seem tae gie a toffee aboot ither folk, forby hersel. She wis a meeserable auld grumph.

Geordie gaed ben the kitchen and made Grannie

a tassie o tea wi a teabag. He pit yin spoon o sugar in it and nae milk. He gied the sugar a guid steer and cairried the tassie ben tae the front room.

Grannie slerped the tea. 'It's no sweet eneuch,' she said. 'Pit mair sugar in it.'

Geordie taen the tassie back ben the kitchen and pit in anither spoonfu o sugar. He steered it again and cairried it cannily ben tae Grannie.

'Where's the flattie?' she said. 'I'll no hae a tassie wioot a flattie.'

Geordie brocht her a flattie.

'And whit aboot a teaspoon, if ye dinna mind?'

'I've steered it for ye, Grannie. I gied it a guid steer.'

'I'll steer ma ain tea, thank you awfie much,' she said. 'Bring us a teaspoon.'

Geordie brocht her a teaspoon.

When Geordie's mither or faither were at hame, Grannie didna order Geordie aboot like this. It wis ainly when she had him tae hersel that she turned crabbit on him.

'Ye ken whit's wrang wi you?' the auld wumman said, glowerin at Geordie ower the tap o the tassie wi thae bricht wickit wee een. 'Ye're *growin* ower fast. Laddies that grow ower fast become hert-lazy and stupit.'

'But I canna help it if I'm growin fast, Grannie,' Geordie said.

'Aye, ye can,' she snashed. 'Growin's a clarty bairnie habit.'

'But we *hae* tae grow, Grannie. If we didna grow, we wouldna ever be grown-ups.'

'Haivers, ma mannie, haivers,' she said. 'Look at me. Am I growin? Am I whit!'

'But ye did wance, Grannie.'

'Jist a *wee, wee bit,*' the auld wife answered. 'I gied up growin when I wis gey tottie, alang wi aw the ither clarty bairnie habits like hert-laziness and gallusness and grabbieness and sclidderieness and slaisterieness and glaikitness. You havena gien up ony o thae things, have ye?'

'I'm still jist a wee laddie, Grannie.'

'Ye're eicht year auld,' she snorked. 'That's auld eneuch tae ken better. If ye dinna stap growin soon, it'll be ower late.'

'Ower late for whit, Grannie?'

'It's a cairry-on,' she continued. 'Ye're jist aboot the same hicht as me awready.'

Geordie taen a guid look at Grannie. She certainly wis an *awfie tottie* buddie. Her shanks were that cutty she had tae hae a fit-stool tae pit her feet on, and her heid ainly raxed haufwey up the back o the airmchair.

'Ma Da says it's guid for a man tae be tall,' Geordie said.

'Dinna listen tae yer Da,' Grannie said. 'Listen tae me.'

'But hoo dae I stap masel growin?' Geordie spiered her.

'Dinna eat sae muckle chocolate,' Grannie said.

'Does chocolate mak ye grow?'

'It maks ye grow the *wrang wey*,' she snashed. 'Up insteid o doon.'

Grannie slerped some tea but didna tak her een aff the wee laddie that stood afore her. 'Dinna ever grow up,' she said. 'Ayewis doon.'

'Aye, Grannie.'

'And stap eatin chocolate. Eat kail insteid.'

'Kail! Och naw, I dinna like kail,' Geordie said.

'It's no whit ye like or whit ye dinna like,' Grannie snashed. 'It's whit's guid for ye that coonts. Fae noo on, ye hae tae eat kail three times ilka day. Moontains o kail! And if it's got hairy oobits in it, weel, yon's even better!'

'Boak!' Geordie said.

'Hairy oobits gies ye brains,' the auld wumman said.

'Mammie syndes them doon the jaw-box,' Geordie said.

'Yer Mammie's as glaikit as you are,' Grannie said. 'Kail doesna taste o onythin wioot a wheen biled hairy oobits in it. Snails, tae.'

'No *snails*!' Geordie cried oot. 'I couldna eat snails!'

'Whenever I see a live snail on a daud o lettuce,' Grannie said, 'I gorble it up quick afore it crowls awa. Braw.' She sooked her lips thegither that ticht her mooth became a peerie runkled hole. 'Braw,' she said again. 'Wirms and snails and creepy clockers. Ye dinna ken whit's guid for ye.'

'Ye're jokin, Grannie.'

'I dinna joke,' she said. 'Clockers are mibbe the best o aw. They go *cramsh*!'

'Grannie! That's honkin!'

The auld carline grinned, shawin thae peelie-wally broon teeth. 'Whiles, if ye're lucky,' she said, 'ye get a clocker inside the shank o a stick o celery. Yon's whit I like.'

'Grannie! Hoo *could* ye?'

'Ye'll find aw sorts o braw things in sticks o raw celery,' the auld wumman continued. 'Whiles it's eariewigs.'

'I dinna want tae hear aboot it!' skirled Geordie.

'A muckle fat eariewig is awfie tasty,' Grannie said, lickin her lips. 'But ye hae tae be gey quick, ma jo, when ye pit yin o them in yer mooth. It has a pair o shairp nippers on its bahookie and if it grups yer tongue wi them, it doesna ever let go. Sae ye've got tae bite the eariewig first, *chap, chap*, afore it bites ye.'

Geordie sterted shauchlin towards the door. He wanted tae win as faur awa as possible fae this bowfin auld wumman.

'Ye're tryin tae get awa fae me, eh?' she said, stobbin a fingir richt at Geordie's face. 'Ye're tryin tae get awa fae yer Grannie.'

Wee Geordie stood aside the door glowerin at the auld carline in the chair. She glowered back at him.

Geordie wunnered tae himsel if she wisna a witch. He had aye thocht witches were ainly in fairy tales, but noo he wisna sae sure.

'Cam closer tae me, ma wee mannie,' she said, waggin a baney fingir at him. 'Cam closer tae me and I will tell ye *secrets*.'

Geordie didna budge.

Grannie didna budge either.

'I ken hunners o secrets,' she said, and aw o a sudden she smiled. It wis a cauld skinnymalinky smile, the kind a snake micht gie ye jist afore it bites. 'Cam ower here tae yer Grannie and she'll whisper secrets in yer lug.'

Geordie taen a step backwards, shauchlin closer tae the door.

'You shouldna be frichtit at yer auld Grannie,' she said, smilin that cauld smile.

Geordie taen anither step backwards.

'Some o us,' she said, and aw at wance she wis leanin forrit in her chair and whisperin in a gurrie sort o voice Geordie hadna ever heard her use afore. 'Some o us,' she said, 'hae magic pooers that can thraw the craiturs o this earth intae unco shapes ...'

A jangle o electricity flisked doon the length o Geordie's rigbane. He began tae feel feart.

'Some o us,' the auld wumman continued, 'hae fire on oor tongues and spairks in oor bellies and warlockry in the nebs o oor fingirs ...

'Some o us ken secrets that wid mak yer hair staund richt up on end and yer een pap oot o yer heid ...'

Geordie wanted tae run awa, but his feet seemed thirled tae the flair.

'We ken hoo tae mak yer nails drap aff and yer teeth grow oot o yer fingirs insteid.'

Geordie sterted tae tremmle. It wis her face that frichtit him maist o aw, the cauld smile, the bleezin unblenkin een.

'We ken hoo tae mak ye wauk up in the mornin wi a lang tail growin oot o yer dowper.'

'Grannie!' he cried oot. 'Stap!'

'We ken secrets, ma jo, aboot mirk places where mirk things bide and hotch and slidder aw ower each ither ...'

Geordie hurled himsel at the door.

'It doesna maitter hoo far ye run,' he heard her sayin, 'ye'll never get awa …'

Geordie ran ben the kitchen, duntin the door shut ahint him.

The Mervellous Ploy

Geordie sat himsel doon at the table in the kitchen. He wis shooglin a wee bit. Och, he didna like his Grannie. He really *didna* like that ugsome auld witch o a wumman. And aw o a sudden he had a strang urge tae *dae somethin* aboot her. Somethin *stottin.* Somethin *totally tip-tap. A richt beezer.* A sort o explosion. He wantit tae blaw awa the witch's guff that wis aye hingin aboot her in the nixt room. He micht hae been jist eicht year auld but he wis a brave wee laddie. He wis ready tae tak this auld wumman on.

'I'm no gonnae be frichtened by *her,*' he said saftly tae himsel. But he *wis* frichtened. And yon's hoo he wantit tae explode her awa aw o a sudden.

Weel . . . no awa awthegither. But he did want tae shak the auld wumman up a bittie.

Richt, then. Whit should it be, this stottin tip-tap explodin beezer for Grannie?

He widna mind pittin a firework banger unner her chair but he didna hae yin.

He wisna against pittin a lang green snake doon the back o her gounie but he didna hae a lang green snake.

He saw naethin wrang wi pittin sax muckle bleck

rattons in the room wi her and sneckin the door but he didna hae sax muckle bleck rattons.

As Geordie sat there pensin ower this interestin problem, his ee fell on the bottle o Grannie's broon medicine staundin on the sideboard. It looked like awfie stuff. Fower times a day a muckle spoonfu o it wis shooled intae her mooth and it didna dae her ony guid at aw. She wis aye jist as ugsome efter she'd had it as she'd been afore. The haill point o medicine, thocht Geordie, wis tae mak a buddie better. If it didna dae that, then it wis nae use.

Weel, weel! thocht Geordie, aw o a sudden. *Jingsbings! Richtitie-pichtitie!* I ken exactly whit I'll dae. I'm gonnae mak her a *new* medicine, yin sae strang and sae shairp and sae gallus it will either mak her completely weel or blaw the tap o her heid aff. I'll mak her a *magic medicine*, a medicine nae doctor in the warld has ever made afore.

Geordie keeked at the kitchen knock. The time wis five past ten. There wis nearly an oor left afore Grannie's nixt dose wis due at eleeven.

'Let's get gaun, then!' skirled Geordie, lowpin up fae the table. 'A mingin medicine is whit we're gonnae hae!'

'Sae gie me a golach and a lowpin flee,
Gie me twa mauks and speeders three,

And a slivverie skoosher fae the sea,
And the poisonous jag fae oot a bumbee,
And the juice fae the fruit o the pokey-hat tree,
And the poodered bane o a wombat's knee.
And a hunner ither things and aw,
Things wi a hummin honkin blaw.
I'll steer them up, I'll bile them lang,
A mixter roch, a maxter strang.
And then, bang-wallop, doon it gaes,
A guid big spoonfu (mind yer taes)
Jist gowp it doon, and hae nae fear.
"Hoo's that for ye, Grannie dear?"

Will she lauch or will she greet?
Will she tak aff doon the street?
Will she explode in a fuff o reek?
Or blaw hersel intae nixt week?
Wha kens? No me. Let's hing on and see.
(I'm gled it isnae you or me.)
Och Grannie, ye've no got a clue
Whit I'm gonnae mak for you!'

Geordie Sterts tae Mak the Medicine

Geordie taen a big muckle pot oot o the press and pit it on the kitchen table.

'Geordie!' cam the shill voice fae the nixt room. 'Whit are ye daein?'

'Naethin, Grannie,' he cawed oot.

'Dinna think I canna hear ye jist because ye steekit the door! Ye're dirlin the pots!'

'I'm jist reddin up the kitchen, Grannie.'

Then it aw gaed silent.

Geordie had nae doots at aw aboot hoo he wis gonnae mak his kenspeckle medicine. He wisna gonnae plowter aboot wunnerin whither tae pit in a wee daud o this or a wee daud o yon. Wioot ony cairry-on, he wis gonnae pit in AWTHIN he could find. There wid be nae scutterin aboot, nae hingin aroond, nae wunnerin if a particular thing wid skelp the auld lass sidey-weys or no. The rule wid be this: whitever he saw, if it wis sliddery or poodery or claggy, it wis gaun in.

Naebody had ever made a medicine like yon afore. If it didna actually mak Grannie weel, then it wid certainly dae some gallus things tae her. It wid be weel worth watchin.

Geordie thocht he wid work his wey roond aw the rooms in the hoose and see whit he could get his haunds on.

He wid gang tae the cludgie first. There are ayewis hunners o unco things in a cludgie. Sae up the stair he stachered, cairryin the muckle twa-luggit pot afore him.

In the cludgie, he gawped at the kenspeckle and dreided medicine cupboard. But he didna gang near it. It wis the ainly thing in the haill hoose he wis

barred fae touchin. He had made solemn promises tae his mither and faither aboot this and he wisna gonnae brek them. There wis things in there, they had telt him, that could actually kill ye, and although he wis oot tae gie Grannie a guid het moothfu, he didna want a deid body on his haunds. Geordie pit the muckle pot on the flair and sterted work.

Nummer yin wis a bottle cried GOWDEN BLEEZE HAIR SHAMPOO. He teemed it intae the pot. 'Yon will wash her belly bonnie and clean,' he said.

He taen a fou tube o TOOTHPASTE and skooshed oot the haill lot o it in yin lang wirm. 'Mibbe yon will brichten up thae ugsome broon teeth o hers,' he said.

There wis an aerosol can o SUPER SAPPLE SHAVIN SOAP belangin his faither. Geordie loved daffin wi aerosols. He pressed the button and keepit his fingir on it until there wis naethin left. A wunnerfu moontain o white faem biggit up in the big muckle pot.

Wi his fingirs, he howked oot the contents o a jaur o VITAMIN ENRICHED FIZZOG CREAM.

In gaed a wee bottle o scarlet NAIL VARNISH. 'If the toothpaste doesna clean her teeth,' Geordie said, 'then this will pent them reid as roses.'

He foond anither jaur o creamy stuff cried HAIR REMOVER. SLAISTER IT ON YER SHANKS, it said, AND KEEP IT ON YE FOR FIVE MEENITS. Geordie cowped it aw intae the muckle pot.

There wis a bottle wi yellae stuff inside it cawed DISHWORTH'S KENSPECKLE DANDRUFF CURE. In it gaed.

There wis somethin cawed SKINKLY-DENT FOR CLEANIN YER WALLIES. It wis a white pooder. In that gaed, tae.

He foond anither aerosol can, NAE MAIR HONKIN DEODORANT SKOOSH, GUARANTEED, it said, TAE KEEP AWA UNBONNIE BODY GUFFS FOR A HAILL DAY. 'She could dae wi plenty o yon,' Geordie said as he skooshed the haill can intae the muckle pot.

LIQUID PARAFFIN, the nixt yin wis cawed. It wis a muckle bottle. He had nae idea whit it did tae ye, but he poored it in onywey.

Yon, he thocht, keekin aroond him, wis aboot aw fae the cludgie.

On his mither's dressin-table in the bedroom, Geordie foond yet anither braw aerosol can. It wis cried HELGA'S HAIRSET. HAUD TWAL INCHES AWA FAE THE HAIR AND SKOOSH LICHTLY. He skiddled the haill lot intae the muckle pot. He didna hauf enjoy skooshin thir aerosols.

There wis a bottle o perfume cawed FLOOERS O NEEPS. It honked o auld cheese. In it gaed.

And in gaed, tae, a muckle roond box o POODER. It wis cawed PINK PLAISTER. There wis a pooder-puff on tap and he flung yon in as weel for guid luck.

He foond a couple o LIPSTICKS. He poued the

creeshie reid things oot o their wee cases and flung them intae the mixter.

The bedroom had naethin mair tae gie, sae Geordie cairried the big muckle pot doon the stair again and tootered intae the steamie where the shelves were fou o aw sorts o gibbles for the hoose.

The first yin he taen doon wis a muckle box o SUPERWHITE FOR AUTOMATIC WASHIN-MACHINES. CLART, it said, WILL DISAPPEAR LIKE SNAW AFF A DYKE. Geordie didna ken if Grannie wis automatic or no, but she certainly wis a clarty auld wumman. 'Sae she'd better hae it aw,' he said, cowpin in the haill boxfu.

Then there wis a muckle tin o WAXWEEL FLAIR POLISH. IT DICHTS AFF AW MINGIN MAWKIT MIDDENS AND LEAVES YER FLAIR GLISTERIN AND BRICHT, it said. Geordie howked the orange-coloured waxy stuff oot o the tin and papped it intae the muckle pot.

There wis a roond cairdboard cairton cried FLEE POODER FOR DUGS. KEEP WEEL AWA FAE THE DUG'S DENNER, it said, BECAUSE THIS POODER, IF EATEN, WILL MAK YER DUG

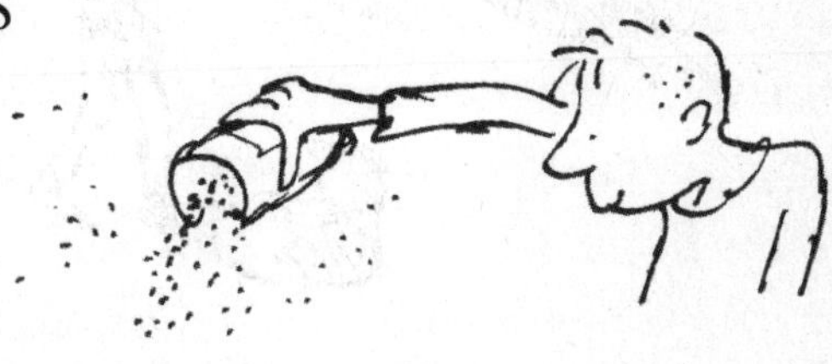

BLAW UP. 'Guid,' said Geordie, skailin it aw intae the muckle pot.

He taen a box o gowdie seed aff the shelf. 'Mibbe it'll mak the auld bird sing,' he said, and in it gaed.

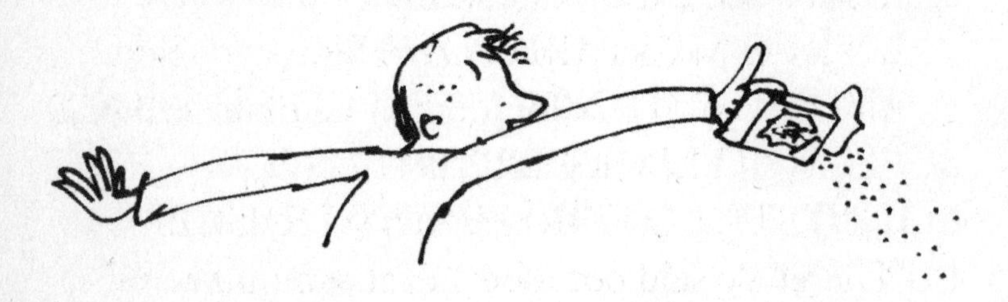

Nixt, Geordie had a neb through the box wi shoe-cleanin graith – brushes and tins and stoorie-dusters. Weel noo, he thocht, Grannie's medicine is broon, sae ma medicine will hae tae be broon tae or her witch's neb will stert tae twitch. The wey tae colour it, he decided, wid be wi BROON SHOE-POLISH. The muckle tin he waled wis cried DARK BROON. Braw. He howked it aw oot wi an auld spoon and plowped it intae the pan. He wid steer it up efter.

On his wey back tae the kitchen, Geordie saw a bottle o GIN staundin on the sideboard. Grannie wis gey fond o gin. She wis allooed a wee nip o it ilka evenin. He kent hoo he could cheer her up. He wid poor in the haill bottle. And yon's whit he did.

Back ben the kitchen, Geordie pit the big muckle

pot on the table and gaed ower tae the press that served as the pantry. The shelves were hotchin wi bottles and jaurs o ilka sort. He waled the follaein and teemed then yin by yin intae the muckle pot.

A TIN O CURRY POODER
A TIN O MUSTARD POODER
A BOTTLE O 'EXTRA HET' CHILLI SAUCE
A TIN O BLECK PEPPERCORNS
A BOTTLE O HORSERADISH SAUCE

'There!' he said oot lood. 'That should dae it!'

'Geordie!' cam the skirlie voice fae the nixt room. 'Wha are you haiverin tae in there? Whit are you up tae?'

'Naethin, Grannie, naethin at aw,' he cawed back.

'Is it time for ma medicine yet?'

'Naw, Grannie, no for aboot hauf an oor.'

'Weel, jist you see ye dinna forget it!'

'I winna, Grannie,' Geordie answered. 'I promise I winna.'

Peels for the Beasts

It wis at this point that Geordie aw o a sudden thocht up an extra guid pliskie. Although the medicine cupboard in the hoose wis aff limits, whit aboot the medicines his faither keepit on the shelf in the bothy nixt tae the henhoose? The medicines for the beasts?

Whit aboot *them*?

Naebody had telt him he shouldna touch *them*?

When ye think aboot it, Geordie said tae himsel, hair-skoosh and shavin-cream and shoe-polish are aw fine and weel and they will nae doot set aff some braw explosions inside the auld foggie, but whit the magic mixter noo needs is a drap o the real stuffie, real peels and real tonics, tae gie it some nieves tae skelp wi.

Geordie picked up the heavy three-quarters fou pot and cairried it oot o the back door. He crossed the fermyaird and heided richt for the bothy alangside the henhoose. He kent his faither widna be there. He wis oot makkin hey in yin o the meedows.

Geordie gaed ben the stoorie auld bothy and pit the pot on the bench. Then he keeked up at the medicine shelf. There were five muckle bottles there. Twa were fou o peels, twa were fou o sclidderie stuff, and yin wis fou o pooder.

'I'll use them aw,' Geordie said. 'Grannie needs them. Jings, she doesnae half need them.'

The first bottle he taen doon conteened an orange-coloured pooder. The label said, FOR CHOOKIES WI BIRD SNOCHTERS, HEN

BOAK, SAIR NEBS, SHOOGLIE SHANKS, BUBBLYJOCKITIS, EGG TRAUCHLES, CLOCKIN HENS OR FOR FEDDERS THAT ARE FAWIN OOT. MELL YIN SPOONFU AINLY WI ILKA TROCH O FEED.

'Weel,' said Geordie oot lood tae himsel as he cowped in the haill bottlefu, 'the auld doo winna be lossin ony fedders efter she's had a skelp o this.'

The nixt bottle he taen doon had aboot five hunner gigantic purpie peels in it. FOR CUDDIES WI SAIR THRAPPLES, it said on the label. THE SAIR-THRAPPLED CUDDIE SHOULD SOOK YIN PEEL TWICE A DAY.

'Grannie micht no hae a sair thrapple,' Geordie said, 'but she's certainly got a shairp tongue. Mibbe they'll sort oot that insteid.' Intae the pot gaed the five hunner gigantic purpie peels.

Then there wis a bottle o clatty yellae jibble. FOR KYE, BUHLS AND STIRKS, the label said. WILL SORT OOT COO PLOOKS, COO BILES, BAUCHLED HORNS, BUHLS WI FOOSTIE BRAITH, LUGACHE, TOOTHACHE, HEIDACHE, LOOFACHE, RUMPLE-ACHE AND SAIR UDDERS.

'That crabbit auld coo in the front room has ilka yin o thae ugsome troubles,' Geordie said. 'She'll need it aw.' Wi a sclatch and a groozle, the yellae jibble splattered intae the noo near fou pot.

The nixt bottle conteened a glisterin reid jibble. SHEEP DOOK, it said on the label. FOR SHEEP WI SHEEP BEAL AND FOR GETTIN RID O TAIDS AND FLEES. MELL YIN SPOONFU IN YIN GALLON O WATTER AND SPLAIRGE IT OWER THE SHEEP. TAK CARE AND DINNA MAK THE MIXTER OWER STRANG OR THE SHEEP'S OO WILL FAW OOT AND THE CRAITUR WILL BE NAKIT.

'By jings,' said Geordie, 'hoo I'd love tae breenge in and splairge it aw ower auld Grannie and watch the taids and flees stert lowpin aff her. But I canna. I shouldna. Sae she'll hae tae drink it insteid.' He poored the bricht reid medicine intae the pot.

The last bottle on the shelf wis fou o peeliewally green peels. PIG PEELS, the label annoonced. FOR

GRUMPHIES WI PORK JAGS, SAIR SPYOGS, BRISTLE SMIT, AND GRUMPHIE GRUE. GIE YIN PEEL PER DAY. IN FELL SAIR CASES TWA PEELS MAY BE GIEN, BUT MAIR THAN TWA WILL MAK THE GRUMPHIE BOAK AND BIRL.

'Just the stuffie,' said Geordie, 'for yon meeserable auld grumphie back there in the hoose. She'll need a gey muckle dose o it.' He cowped aw the green peels, hunners and hunners o them, intae the pot.

There wis an auld spurtle lyin on the bench that had been used for steerin pent. Geordie picked it up and sterted tae steer his mervellous smacher. The mixter wis as claggy as cream, and as he steered and steered, mony wunnerfu colours riz up fae deep doon and melled thegither, pinks, blues, greens, yellaes and broons.

Geordie cairried on steerin until it wis aw weel melled thegither, but even sae there wis aye hunners o peels lyin on the bottom that hadna meltit. And there wis his mither's fantoosh pooder-puff floatin on the tap. 'I will hae tae bile it aw up,' Geordie said. 'Yin guid bile on the stove is aw it needs.' And wi that, he stachered back towards the hoose wi the big muckle pot.

On the wey, he passed the gairage, sae he gaed ben tae see if he could find ony ither unco things. He pit in the follaein:

Hauf a pint o ENGINE ILE – tae keep Grannie's engine gaun smoothly.

A wheen o ANTI-FREEZE – tae keep her radiator fae freezin up in the winter.

A haunfu o CREESH – tae creesh her creakin joints.

Then back tae the kitchen.

Geordie Biles It Up

In the kitchen, Geordie pit the muckle pot on the stove and turned up the gas flame unnerneath it as hie as it wid gang.

'Geordie,' cam the awfie voice fae the nixt room. 'It's time for ma medicine!'

'No yet, Grannie,' Geordie cawed back. 'There's aye twinty minutes afore eleeven o'clock.'

'Whit joukery-pawkery are you up tae in there noo?' Grannie skraiked. 'I hear soonds.'

Geordie thocht he'd better no answer this yin. He foond a lang widden spoon in a kitchen drawer and sterted tae gie it a guid steer. The stuffie in the pot got mair and mair het.

Soon the mervellous mixter sterted tae slaver and faem. A rich blue reek, the colour o papingos, riz

aff the tap o the liquid, and a fizzin frichtsome smell guffed oot the kitchen.

It made Geordie snocher and pyocher. It wis a guff unlike ony he had smelled afore. It wis a snell and beglamourin guff, shairp and stacherin, uncouthie and uncanny, fou o warlockry and magic. Whenever he got a whuff o it up his neb, fire-crackers gaed aff in his heid and jags o electricity ran alang the backs o his shanks. It wis wunnerfu tae staund there steerin this ferlie o a mixter and tae watch it reekin blue and bubblin and slaverin and faemin as if it wis alive. At yin point he could hae sworn he saw bricht spairks fliskin in the sworlin faem.

And aw o a sudden, Geordie foond himsel dauncin aroond the bilin pot, chantin unco words that cam intae his heid oot o naewhere:

'Fizzin broth and witch's brew
Faemy slavers, warlock's spew
Fume and spume and spindrift spray
Guzzle buzzle shout hooray
Watch it bairgin, chairgin, splairgin
Hear it dooshin, pushin, skooshin
Grannie better stert tae pray.'

Broon Pent

Geordie turned aff the heat unner the muckle pot. He had tae leave a guid lang time for it tae cool doon.

When aw the steam and slavers had gane awa, he keeked intae the giant pot tae see whit colour the graund medicine wis noo. It wis a deep and glisterin blue.

'It needs mair broon in it,' Geordie said. 'It has tae be broon or her neb will stert tae yeuk.'

Geordie ran ootside and nashed intae his faither's toolbothy where aw the pent wis keepit. There wis a raw o cans on the shelf, aw colours, bleck, green, reid, pink, white and broon. He raxed for the can o broon. The label said DARK BROON GLOSS PENT, YIN QUART. He taen a screw-driver and wheeched aff the lid. The can wis three-quarters fou. He cairried it quickly back tae the kitchen. He skailed the haill lot intae the pot. The muckle pot wis noo fou tae the tap. Gey canny, Geordie steered the pent intae the mixter wi the lang widden spoon. Jings-bings! It wis aw broon turnin! A rich creamy broon!

'Where's ma medicine, laddie?' cam the voice fae the front room. 'Ye're no lookin efter me! Ye're daein it on purpose! I'm gonnae clype on ye tae yer mither!'

'I *am* lookin efter ye, Grannie,' Geordie cawed back. 'I'm thinkin o ye aw the time. But there's aye ten meenits left.'

'Ye're a coorse wee mauk!' the voice skraiked back. 'Ye're a sweir and thrawn wee wirm, and ye're growin ower fast.'

Geordie brocht the bottle o Grannie's real medicine fae the sideboard. He taen oot the cork and cowped it aw doon the jaw-box. He then filled the bottle wi his ain magic mixter by dookin a wee joog intae the pot and usin it as a poorie.

He pit the cork back in.

Wis it cool eneuch? No yet. He held the bottle unner the cauld spigot for a couple o meenits. The label cam aff in the weet but yon didna maitter. He dried the bottle wi a dish-cloot.

It wis aw ready noo!

This wis it!

The graund moment had arrived!

'Medicine time, Grannie,' he cawed oot.

'I should hope sae, tae,' cam the crabbit reply.

The siller tablespoon which the medicine wis aye served in lay ready on the kitchen sideboard. Geordie picked it up.

Haudin the spoon in yin haund and the bottle in the ither, he stramped ben intae the front room.

Grannie Taks the Medicine

Grannie sat humphy-backit in her chair by the windae. The wickit wee een follaed Geordie closely as he crossed the room towards her.

'Ye're late,' she snashed.

'I dinna think I am, Grannie.'

'Dinna interrupt me in the middle o a sentence!' she shouted.

'But ye'd feenished yer sentence, Grannie.'

'Ye're daein it again!' she skirled. 'Ayewis interruptin and argle-barglin. Ye really are a scunnersome wee laddie. Whit's the time?'

'It's exactly eleeven o'clock, Grannie.'

'Ye're leein as usual. Stap haiverin and gie me ma medicine. Shak the bottle first. Then poor it intae the spoon and mak sure it's a haill spoonfu.'

'Are ye gonnae gowp it aw doon in the yin gollop?' Geordie spiered her. 'Or are ye gonnae sook it slowly?'

'Whit I dae is nane o yer business,' the auld wumman said. 'Fill the spoon.'

As Geordie taen oot the cork and sterted gey slowly tae poor the claggy broon stuff intae the spoon, he couldna help thinkin aboot aw the mingin and mervellous things that had gane intae makkin this dementit stuff – the shavin soap, the hair remover, the dandruff cure, the automatic washin-machine pooder, the flee pooder for dugs, the shoe-polish, the bleck pepper, the horseradish sauce and aw the lave o them, no tae mention the gey strang pooerfu animal peels and pooders and jibbles … and the broon pent.

'Open yer mooth wide, Grannie,' he said, 'and I'll pap it in.'

The auld carline opened her wee runklie mooth, shawin manky peeliewally broon teeth.

'Here it's, Grannie!' Geordie cried oot. 'Swallae it doon!' He pushed the spoon weel intae her mooth and cowped the mixter doon her thrapple. Then he jinked back tae watch whit wid happen.

It wis weel worth watchin.

Grannie yowled, '*Oweeeee!*' and her haill body skited up *wheech* intae the air. It wis jist as if some-body had pushed an electric wire through the dowper o the chair and switched the pooer on. Up she lowped like a jock-in-a-box … and she didna cam doon … she steyed there … hingin in mid-air … aboot twa fit up … aye in a sittin position … but no movin … frozent … chitterin … the een aboot brustin … the hair staundin richt up on end.

'Is somethin wrang, Grannie?' Geordie spiered her, awfie poleet. 'Are ye awricht?'

Hingin up there in space, the auld quine couldna speak.

The fleg that Geordie's mingin medicine had gien her must hae been a muckle yin.

Ye'd hae thocht she'd swallaed a reid-het poker the wey she took aff fae that chair.

Then doon she cam again wi a plowp back intae her seat.

'Caw oot the fire brigade!' she skraiked aw o a sudden. 'Ma belly's on fire!'

'It's jist the medicine, Grannie,' Geordie said. 'It's guid strang stuff.'

'Fire!' the auld wumman yowled. 'Fire doon ablow! Fling me in the watter! Dook me in the burn! Dae somethin quick!'

'Calm doon, Grannie,' Geordie said. But he got a bit o a fleg when he saw the reek skailin oot o her mooth and oot o her neb-holes. Cloods o bleck reek were poorin oot o her neb and blawin aroond the room.

'By jings, ye *are* on fire,' Geordie said.

'I telt ye I wis on fire!' she yowled. 'I'll be brunt bleck and broon! I'll be fried tae a frump! I'll be biled like a tattie!'

Geordie ran ben the kitchen and cam back wi a joog o watter. 'Open yer mooth, Grannie!' he skirled. He couldna richt see her for the reek, but he managed tae poor hauf a joogfu doon her thrapple. A sizzlin soond, the kind ye get if ye haud a het fryin-pan unner the cauld spigot, cam up fae deep doon in Grannie's wame. The auld carline yunkit and set and snochered. She gliffed and groozled. Spoots o watter cam skitin oot o her. And the reek cleared awa.

'The fire's oot,' Geordie announced proodly. 'Ye'll be awricht noo, Grannie.'

'*Awricht?*' she yowled. '*Wha's awricht?* There's lickery-lowpers in ma belly. There's wagglers in ma wymie. There's bangers in ma bahookie.' She sterted booncin up and doon in the chair. She didna look awfie comfortable.

'Ye'll find it's daein ye a lot o guid, yon medicine, Grannie,' Geordie said.

'*Guid?*' she skraiked. 'Daein me *guid*? It's killin me aff!'

Then she sterted tae fill oot.

She wis swallin up!

She wis puffin up aw ower!

Somebody wis pumpin her up wi air, yon's whit it looked like!

Wis she gonnae blaw up?

Her face wis purpie tae green turnin!

But haud on! She had a puncture somewhere! Geordie could hear the hiss o air escapin, like somebody had stuck a peen in her. She stapped swallin up. She wis gaun doon. She wis slowly thinner gettin again, skrunklin back and back, slowly tae her runkled auld sel.

'Hoo's things, Grannie!' Geordie said.

Nae answer.

Then an unco thing happened. Grannie's body

gied a sudden shairp jink and a sudden shairp jouk and she birled hersel richt oot o the chair and landed trigly on her twa feet on the kerpit.

'Yon's no real, Grannie!' Geordie said. 'Ye havenae stood up like yon for years! Look at ye! Ye're staundin up aw on yer ain and ye're no even usin yer stick.'

Grannie didna even hear him. The frozent puddock-eed look wis back wi her again noo. She wis miles awa in anither warld.

Whit braw mingin medicine, Geordie said tae himsel. It wis fair stammygasterin tae staund there

watchin whit it wis daein tae the auld carline. Whit nixt? he wunnered.

He soon foond oot.

Aw o a sudden, she sterted tae grow.

It wis quite slow tae stert wi ... jist a gey gradual inchin up the wey ... up, up, up ... inch by inch ... langer and langer gettin ... aboot an inch ilka twa seconds ... and at the stert Geordie didna notice it.

But when she had passed the five fit sax merk and wis gaun on up tae bein sax feet tall, Geordie gied a lowp and shouted, 'Haw, Grannie! Ye're *growin.* Ye're *gaun up*! Hing on, Grannie. Ye'd better stap or ye'll stot yer heid aff the ceilin!'

But Grannie didna stap.

It wis a richt wunnerfu sicht, the ancient skrankie wumman taller and taller gettin, langer and langer, thinner and thinner, as though she wis a whang o elastic bein pulled up the wey by invisible haunds.

When the tap o her heid actually dichted aff the ceilin, Geordie thocht she wis boond tae stap.

But she didna.

There wis a sort o scrumpin soond, and dauds o plaister and cement cam rainin doon.

'Ye'd mibbe better stap noo, Grannie,' Geordie said. 'Da's jist had this haill room repented.'

But there wis nae stappin her noo.

Soon, her heid and shooders had completely disappeared through the ceilin and she wis aye gaun up.

Geordie nashed up the stair tae his ain bedroom and there she wis crashin up through the flair like a puddock-stool.

'Whoopee!' she shouted, findin her voice at last. 'Haw ya beauty, here I cam!'

'Caw canny, Grannie,' Geordie said.

'Wi a bowf and a bang, up we gang!' she shouted. 'Jist watch me grow!'

'This is *ma* room,' Geordie said. 'Look at the midden ye're makkin o it.'

'Braw medicine!' she said. 'Gie me some mair!'

She's as dottled as a doughbaw, Geordie thocht.

'Haw, laddie. Gie me some mair!' she yowled. 'Dish it oot! I'm slowin doon!'

Geordie wis aye haudin the medicine bottle in yin haund and the spoon in the ither. Och weel, he thocht, hoo no? He poored oot a second dose and papped it intae her mooth.

'*Oweee!*' she skraiked and up she gaed again. Her feet were aye on the flair doon the stair in the front room but her heid wis flittin quickly towards the ceilin o the bedroom.

'I'm on ma wey noo, laddie!' she cawed doon tae Geordie. 'Jist watch me gang!'

'Yon's the loft aboon ye, Grannie!' Geordie cawed oot. 'I'd keep oot o there! It's fou o beasties and bogles!'

Doosh! the auld lassie's heid gaed through the ceilin as if it wis butter.

Geordie stood in his bedroom gawpin at the guddle. There wis a muckle hole in the flair and anither in the ceilin, and stickin up like a stob atween the twa wis the middle pairt o Grannie. Her shanks were in the room ablow, her heid in the loft.

'I'm still gaun!' cam the auld skraikie voice fae up aboon. 'Gie me anither dose, ma lad, and let's gang through the roof!'

'Naw, Grannie, naw!' Geordie cawed back. 'Ye're gonnae guddle up the haill hoose.'

'Tae hang wi the hoose!' she shouted. 'I'm efter some fresh air! I havenae been ootside for twinty year!'

‘By jings, she *is* gaun through the roof!’ Geordie telt himsel. He ran doon the stair. He breenged oot o the back door intae the gairden. It wid jist be awfie, he thocht, if she guddled up the roof as weel. His faither wis be fizzin. And it wid be Geordie’s blame. *He* had biled up the medicine. *He* had gien her ower muckle. ‘Dinna cam through the roof, Grannie,’ he prayed. ‘Please dinna.’

The Broon Chookie

Geordie stood in the fermyaird keekin up at the roof. The auld fermhoose had a braw roof o reid sclates and lang lums.

There wis nae peep o Grannie. There wis ainly a mavis sittin on yin o the lumpots, chantin a sang. The auld tattie-bogle's got stuck in the loft, Geordie thocht. Thank guidness for yon.

Aw o a sudden, a sclate cam clatterin doon fae the roof and fell intae the yaird. The mavis took aff quick and flew awa.

Then anither sclate cam doon.

Then hauf a dizzen mair.

And then, gey slowly, like some unco monster risin up fae the deep, Grannie's heid cam through the roof ...

Then her skrankie craigie ...

And then the taps o her shooders ...

'Hoo am I daein, laddie?' she shouted. 'Whit aboot this for a guddlin?'

'Dae ye no think ye'd better stap noo, Grannie?' Geordie cawed oot ...

'I hae stapped!' she answered. 'I feel braw! Did I no tell ye I had magic pooers? Did I no warn ye I had warlockry in the nebs o ma fingirs? But ye widna listen tae me, wid ye? Ye widna listen tae yer auld Grannie!'

'*You* didna dae it, Grannie,' Geordie shouted back tae her. '*I* did it! I biled ye up a new medicine!'

'*A new medicine? Ye?* Dinna talk guff!' she yowled.

'I did! I did!' Geordie shouted.

'Ye're leein as usual!' Grannie yowled. 'Ye're ayewis leein!'

'I'm no leein, Grannie. I swear I amna.'

The runkled auld face hie up on the roof glowered doon suspiciously at Geordie. 'Are ye tellin me that ye actually made a new medicine aw by yersel?' she shouted.

'Aye, Grannie, aw by masel.'

'I dinna believe ye,' she answered. 'But I'm canty and fine up here. Awa and bring me a cup o tea.'

A broon chookie wis dabbin aboot in the yaird close tae where Geordie wis staundin. The chookie gied him an idea. Quickly, he taen the cork oot o the medicine bottle and poored some o the broon stuff intae the spoon. 'Watch this, Grannie!' he shouted. He hunkered doon, haudin the spoon oot tae the chookie.

'Chookie,' he said. 'Chook-chook-chookie. Come here the noo and hae some o this.'

Chookies are glaikit birds, and gey grabbie. They think awthin is scran. This yin thocht the spoon wis fou o corn. It hoddled ower. It pit its heid tae yin side and keeked at the spoon. 'Come on, chookie,' Geordie said. 'Guid chookie. Chook-chook-chook.'

The broon chookie streetched its neck towards the spoon and gaed *dabbity-dab*. It got a nebfu o medicine.

The effect wis electric.

'*Oweee!*' skraiked the chookie and it skited richt up intae the air like a rocket. It lowped as hie as the hoose.

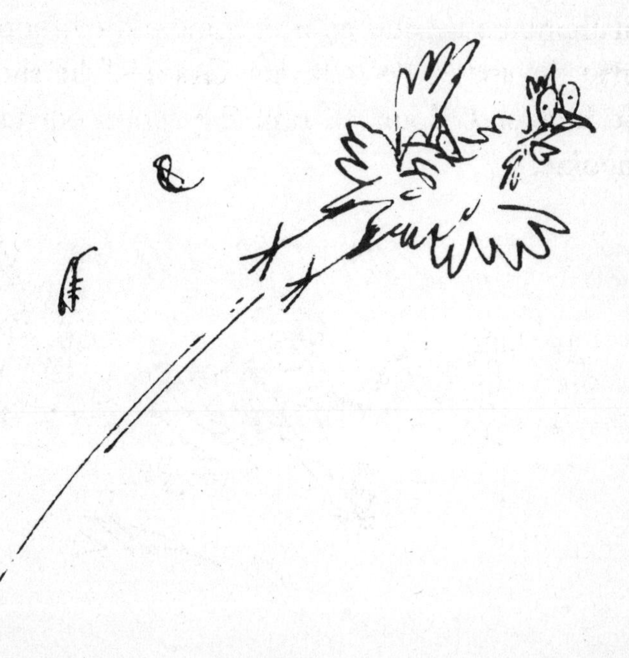

Then doon it cam again intae the yaird, *splatch*. And there it squattered wi its fedders aw stickin richt oot fae its body. There wis a look o bumbazement on its glaikit face. Geordie stood watchin it. Grannie up on the roof wis watchin it, tae.

The chookie got tae its feet. It wis gey shooglie. It wis makkin unco groozlin soonds in its thrapple. Its neb wis openin and shuttin. It looked like a chookie that wis awfie no weel.

'Ye've done it in, ye stupit eejit!' Grannie shouted. 'That chookie's gonnae dee! Yer faither will be efter ye noo! He'll gie ye yer fairins and it'll serve ye richt.'

Aw o a sudden, bleck reek sterted poorin oot o the chookie's neb.

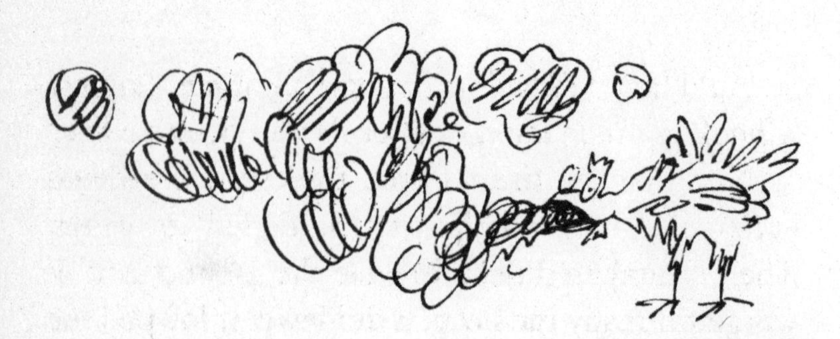

'It's on fire,' Grannie yowled. 'The chookie's on fire!'

Geordie ran tae the watter-troch tae get a bucket o watter.

'That chook'll be roastit and ready for oor denner ony meenit noo!' Grannie shouted.

Geordie splairged the bucket o watter ower the chookie. There wis a sizzlin soond and the reek cleared awa.

'Auld hennie's laid its last egg!' Grannie shouted. 'Chookies dinna lay eggs efter they've been on fire!'

Noo that the fire wis oot, the chookie seemed better-like. It stood richt up. It flaffed its wings. Then it hunkered doon low tae the groond as if it wis gettin ready tae lowp. It did lowp. It lowped hie in the air and tummled its wulkies, then landed back on its ain twa feet.

'It's a heelstergowdie chookie!' Grannie shouted fae the rooftap. 'It's a tapsalteerie acrobat!'

Noo the chookie sterted tae grow.

Geordie had been waitin on this happenin. 'It's growin!' he yowled. 'It's growin, Grannie! Look, it's growin!'

Muckle and mair muckle . . . lang and mair lang it grew. Soon the chookie wis fower or five times its richt size.

'Can ye see it, Grannie?' Geordie shouted.

'I can see it, laddie!' the auld lass shouted back. 'I'm watchin it!'

Geordie wis hotchin aboot fae yin fit tae the tither wi excitement, pointin tae the muckle chookie and shoutin, 'It's taen the magic medicine, Grannie, and it's growin jist like you did!'

But there wis a difference atween the wey the chookie wis growin and the wey Grannie grew. When Grannie grew taller and taller, she got mair

and mair skinnymalinky. The chookie didnae. It steyed bonnie and roond aw alang.

Soon it wis taller than Geordie, but it didna stap there. It gaed richt on growin until it wis aboot as muckle as a cuddie, then it stapped.

'Is yon no jist mervellous, Grannie?' Geordie shouted.

'It's no as tall as me!' Grannie sang oot. 'See nixt tae me, that chookie is a tottie wee nyaff! I am the tallest o them aw!'

The Grumphie, the Stirks, the Sheep, the Pownie and the auld Mither-goat

Jist at that moment, Geordie's mither cam back fae the clachan wi the messages. She drove her car intae the yaird and got oot. She wis cairryin a bottle o milk in yin haund and a poke fou o messages in the tither.

The first thing she saw wis the gigantic broon chookie tooerin ower wee Geordie. She drapped the bottle o milk.

Then Grannie sterted shoutin at her fae the rooftap, and when she keeked up and saw Grannie's heid stickin up through the sclates, she drapped the poke fou o messages.

'Whit dae ye mak o that, Mary?' Grannie shouted. 'I'll bet ye havenae ever seen a chookie as muckle as yon! That's Geordie's giant chookie, that's whit it is!'

'But . . . but . . . but . . .' stootered Geordie's mither.

'It's Geordie's magic medicine!' Grannie shouted. 'Me and the chookie's baith had it!'

'But hoo in the warld did ye get up on the roof?' skirled the mither.

'I didna!' keckled the auld wumman. 'Ma feet are aye staundin on the flair in the front room!'

This wis ower muckle for Geordie's mither tae tak in. She jist glowered and gawped. She looked like she wis aboot tae pass oot.

A second efter, Geordie's faither appeared. He wis cried Mr Killy Kranky. Mr Kranky wis a wee man wi bowly legs and a muckle heid. He wis a guid faither tae Geordie, but he wisna the easiest buddie tae bide wi because even the wee-est things got him

aw fashed and up tae hi-doh. The chookie staundin in the yaird wis certainly no a wee thing, and when Mr Kranky saw it he sterted lowpin aboot as if somethin wis burnin his taes. 'Goavie Dick!' he skirled, waggin his airms. 'Whit's this? Whit's happened? Where did it come fae? It's a giant chookie! Wha did it?'

'I did,' Geordie said.

'Look at *me*!' Grannie shouted fae the rooftap. 'Dinna fash aboot the chookie! Whit aboot *me*?'

Mr Kranky keeked up and saw Grannie. 'Shut yer gub, Grannie,' he said. It didna seem tae surprise him that the auld quine wis stickin up through the roof. It wis the chookie that he wis up tae hi-doh aboot. He hadna ever seen onythin like it. But then, wha had?

'It's no real!' Mr Kranky shouted, jiggin roond and roond. 'It's muckle! It's undeemous! It's byous! It's a ferlie! Hoo did ye dae it, Geordie?'

Geordie sterted tellin his faither aboot the magic medicine. While he wis daein this, the muckle broon chookie sat doon in the middle o the yaird, gaun *chook-chook-chook ... chook-chook-chook-chook-chook.*

Awbody gawped at it.

When it stood up again, there wis a broon egg lyin there. The egg wis the size o a fitbaw.

'That egg wid mak scrammlie eggs for twinty folk!' Mrs Kranky said.

'Geordie!' Mr Kranky shouted. 'Hoo muckle o this medicine dae ye hae left?'

'Hunners,' Geordie said. 'There's a big muckle pot in the kitchen, and this bottle here's nearly fou.'

'Cam wi me!' Mr Kranky yowled, gruppin Geordie by the airm. 'Bring the medicine! For years and years I've been tryin tae mak mair muckle beasts. Mair muckle buhls for beef. Mair muckle grumphies for pork. Mair muckle sheep for mutton . . .'

They gaed tae the pig-hoose first.

Geordie gied a spoonfu o medicine tae the grumphie.

The grumphie blew reek fae its snoot and lowped aboot aw ower the place. Then the grumphie grew and grew.

At the end-up, it looked like this …

Then they gaed tae the herd o braw bleck stirks that Mr Kranky wis tryin tae mak muckle and fat for the mercat.

Geordie gied them aw some medicine, and this is whit happened . . .

Then the sheep . . .

He gied some tae his gray pownie, Nip-nebs …

And finally, jist for fun, he gied some tae Alma, the auld mither-goat . . .

A Cran for Grannie

Grannie, awa up on the rooftap, could see awthin that wis gaun on and she didna like whit she saw. She wanted tae be the heid-bummer and naebody wis takkin the tottiest bit o notice o her. Geordie and Mr Kranky were runnin roond up tae hi-doh aboot the muckle beasts. Mrs Kranky wis daein the dishes in the kitchen, and Grannie wis aw alane on the rooftap.

'Haw, you!' she yowled. 'Geordie! Get me a tassie o tea richt noo, ye hert-lazy wee scunner!'

'Dinna listen tae the auld goat,' Mr Kranky said. 'She's stuck awa up there and it's a guid thing, tae.'

'But we canna leave her up there, Da,' Geordie said. 'Whit if it sterts tae rain?'

'Geordie!' Grannie yowled. 'Ye skitterie wee loun! Ye mingin wee nyaff! Bring me a tassie o tea at wance and a skliff o Dundee cake!'

'We'll hae tae get her oot, Da,' Geordie said. 'She winna gie us ony peace if we dinna.'

Mrs Kranky cam ootside and she agreed wi Geordie. 'She's ma ain mither,' she said.

'She's a pain in the bahookie,' Mr Kranky said.

'I dinna care,' Mrs Kranky said. 'I'm no leavin ma

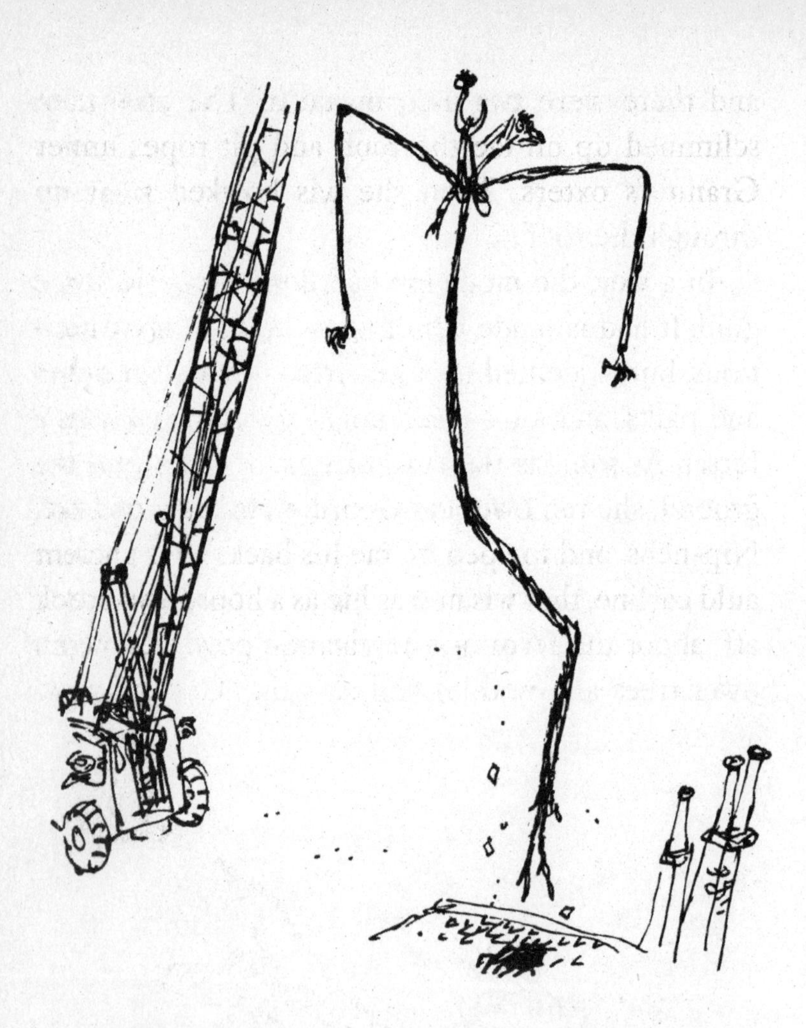

ain mither stickin up through the roof for the rest o her puff.'

Sae at the end-up, Mr Kranky telephoned the Cran Company and spiered them tae send their maist muckle cran oot tae the hoose at wance.

The cran arrived an oor later. It wis on wheels

and there were twa men inside it. The cran men sclimmed up on tae the roof and pit ropes unner Grannie's oxters. Then she wis howked richt up through the roof…

In a wey, the medicine had done Grannie some guid. It hadna made her ony less crabbit or carnaptious, but it seemed tae hae sorted oot aw her aches and paiks, and aw o a sudden she wis as fliskie as a futrat. As soon as the cran had pit her doon on the groond, she ran ower tae Geordie's muckle pownie, Nip-nebs, and lowped on tae his back. This ancient auld carline, that wis noo as hie as a hoose, then took aff aboot the ferm on the gigantic pownie, lowpin ower trees and bothies and shoutin, 'Oot ma road!

Mak wey! Staund back, aw ye dorty drochles, or I'll stramp ye tae deeth!' and ither glaikit things like yon.

But because Grannie wis noo ower muckle tall tae get back intae the hoose, she had tae sleep that nicht in the byre wi the mice and the rattons.

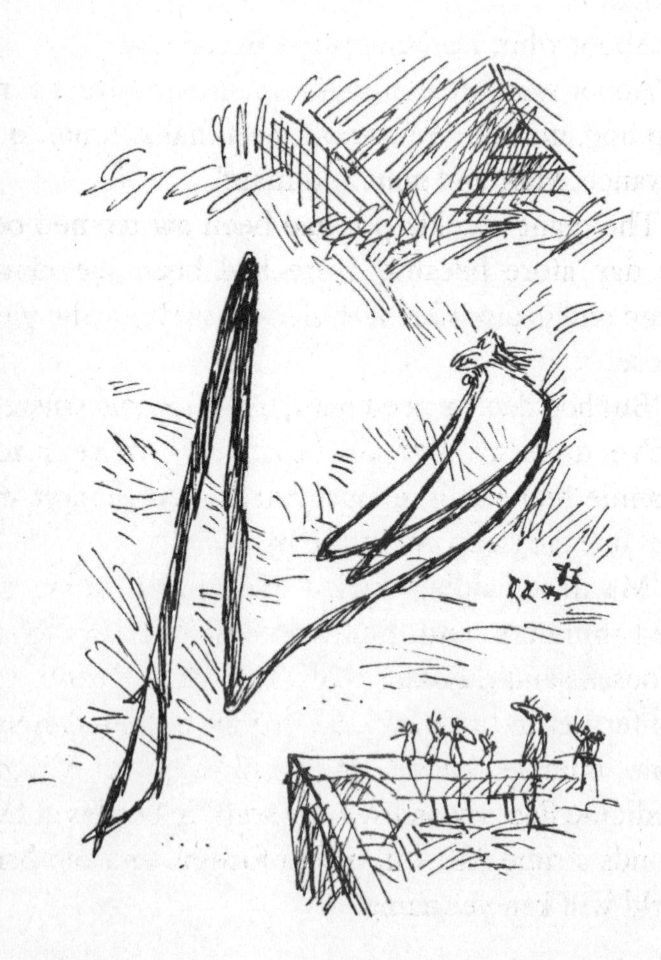

Mr Kranky's Braw Idea

The nixt day, Geordie's faither cam doon tae his breakfast even mair up tae hi-doh than ever. 'I couldna sleep aw nicht for thinkin aboot it!' he skirled.

'Aboot whit, Da?' Geordie spiered him.

'Aboot yer braw mingin medicine! We canna stap noo, ma lad! We hae tae stert makkin mair o it at wance! Mair and mair and mair!'

The giant muckle pot had been aw teemed oot the day afore because there had been sae mony sheep and grumphies and kye and stirks tae be gien a dose.

'But hoo dae we need mair, Da?' Geordie spiered. 'We've done aw oor ain beasts and we've made Grannie feel as fliskie as a futrat even though she does hae tae sleep oot in the byre.'

'Ma dear laddie,' skirled Mr Killy Kranky, 'we need hunners and hunners and hunners o it! Thoosans and thoosans o it! Then we will sell it tae ilka fermer in the warld sae that aw o them can hae giant muckle beasts! We will bigg a Mingin Medicine Factory and sell the stuff in bottles at five poonds a time. We will mak a fortune and the haill warld will ken yer name!'

'But haud on a meenit, Da,' Geordie said.

'Haud on naethin!' skirled Mr Kranky, gettin himsel sae worked up that he pit coffee and milk aw ower his toast. 'Dae ye no unnerstaun whit this tip-tap invention o yours is gonnae dae tae the warld! Naebody will ever be stervin again!'

'Hoo will they no?' spiered Geordie.

'Because yin giant coo will gie fifty buckets o milk a day!' skirled Mr Kranky, waggin his airms. 'Yin giant chookie will mak a hunner fried chookie denners, and yin giant grumphie will gie ye a thoosan pork chops! It's a beezer, ma dear lad! It's no real! It'll chynge the warld.'

'But haud on a meenit, Da,' Geordie said again.

'Dinna keep sayin haud on a meenit!' shouted Mr

Kranky. 'There isna a meenit tae *haud on*! We hae tae get sterted at wance!'

'Calm doon, dear,' Mrs Kranky said fae the ither end o the table. 'And stap pittin marmalade on yer cornflakes.'

'Tae hang wi ma cornflakes!' skirled Mr Kranky, lowpin up fae his chair. 'Come on, Geordie! Let's get gaun! And the first thing we'll dae is tae mak yin mair muckle potfu and try it oot on somethin.'

'But Da,' said wee Geordie. 'There's jist yin wee problem ...'

'There winna be ony problems, ma lad!' skirled Mr Kranky. 'Hoo can there possibly be ony problems? Aw ye hae tae dae is pit the same stuff intae the muckle pot as ye did yesterday. And while ye're daein it, I'll write doon aw the items. That's hoo we'll get the magic recipe!'

'But Da,' Geordie said. 'Please gonnae listen tae me.'

'Hoo will ye no listen tae him?' Mrs Kranky said. 'The laddie's tryin tae tell ye somethin.'

But Mr Kranky wis awa up tae hi-doh and widna listen tae onybody forby himsel. 'And then,' he skirled, 'when the new mixter is ready, we'll test it oot on an auld chookie jist tae mak absolutely sure we've got it richt, and efter that we'll aw shout hooray and bigg the muckle factory!'

'But Da ...'

'Weel, whit is it ye want tae say?'

'There's nae wey I can mind aw the hunners o things I pit intae the muckle pot tae mak the medicine,' Geordie said.

'Aye ye can, ma dear lad!' skirled Mr Kranky. 'I'll help ye! I'll shog yer memory! Ye'll get it at the end-up, you see if ye dinna! Noo then, whit wis the first thing ye pit in?'

'I gaed up tae the cludgie first,' Geordie said. 'I used a wheen o things in the cludgie and on Ma's dressin table.'

'Come on, then!' skirled Mr Killy Kranky. 'Up tae the cludgie we gang!'

When they got there, they foond a haill boorach o toom tubes and toom aerosols and toom bottles. 'That's braw,' said Mr Kranky. 'That lets us ken exactly whit ye used. If onythin is toom, it means ye used it.'

Sae Mr Kranky sterted makkin a leet o onythin in the cludgie that wis toom. Then they gaed tae Mrs Kranky's dressin-table. 'A box o pooder,' said Mr Kranky, scrievin it doon. 'Helga's hairset. Flooers o Neeps perfume. Braw. This is gonnae be easy. Where did ye gang efter here?'

'Tae the steamie,' Geordie said. 'But are ye sure ye havenae missed onythin oot up here, Da?'

'That's up tae you, ma lad,' Mr Kranky said. 'Did I miss onythin oot?'

'I dinna think sae,' Geordie said. Sae doon they gaed tae the steamie and wance again Mr Kranky scrieved doon the names o aw the toom bottles and cans. 'Help ma boab, whit a clossach o stuff ye used!' he skirled. 'Nae wunner it did magic things! Is that awthin?'

'Naw, Da, it's no,' Geordie said, and he led his faither oot tae the bothy where the animal medicines were keepit and shawed him the five muckle toom bottles up on the shelf. Mr Kranky scrieved doon aw their names.

'Onythin else?' Mr Kranky spiered.

Wee Geordie scartit his heid and thocht and thocht but he couldna mind pittin onythin else in.

Mr Killy Kranky lowped intae his car and hurled doon tae the clachan and bocht new bottles o awthin on his leet. He gaed tae the vet and bocht a fresh supply o aw the animal medicines Geordie had used.

'Noo shaw me hoo ye did it, Geordie,' he said. 'Let's get tae it. Shaw me exactly hoo ye melled them aw thegither.'

Mingin Medicine Nummer Twa

They were in the kitchen noo and the big muckle pot wis on the stove. Aw the things Mr Kranky had bocht were lined up near the jaw-box.

'Let's get tae it, ma lad!' skirled Mr Killy Kranky. 'Which yin did ye pit in first?'

'This yin,' Geordie said. 'Gowden Bleeze Hair Shampoo.' He teemed the bottle intae the pot.

'Noo the toothpaste,' Geordie cairried on ... 'And the shavin soap ... and the face cream ... And the nail varnish ...'

'Keep gaun, ma lad!' skirled Mr Kranky, jiggin roond the kitchen. 'Keep pittin them in! Dinna stap! Dinna pause! Dinna hing aboot! It's a pleisure, ma bonnie birkie, tae watch you work.'

Yin by yin, Geordie skailed and skooshed the things intae the muckle pot. Wi awthin sae nearhaund, the haill darg didna tak him mair than ten meenits. But when it wis aw done, the muckle pot didna seem tae be jist as fou as it had been the first time roond.

'*Noo* whit did ye dae?' skirled Mr Kranky. 'Did ye steer it?'

'I biled it,' Geordie said. 'But no for lang. And I steered it as weel.'

Sae Mr Kranky lit the gas unner the muckle pot and Geordie steered the mixter wi the same lang widden spoon he had used afore. 'It's no broon eneuch,' Geordie said. 'Haud on a meenit! I ken whit I've forgotten!'

'Whit?' skirled Mr Kranky. 'Tell us, quick! Because if we've forgotten even yin tottie wee thing, then it winna work! At least no in the same wey it winna.'

'A quart o broon gloss pent,' Geordie said. 'Yon's whit I've forgotten.'

Mr Killy Kranky skited oot o the hoose and intae his car like a rocket. He hurled doon tae the clachan and bocht the pent and breenged back again. He wheeched the lid aff the can in the kitchen and haundit it tae Geordie. Geordie poored the pent intae the muckle pot.

'Aye, yon's better,' Geordie said. 'Yon's mair like the richt colour.'

'It's bilin!' skirled Mr Kranky. 'It's bilin and bubblin, Geordie! Is it ready noo?'

'It's ready,' Geordie said. 'At least I hope sae.'

'Richt!' shouted Mr Kranky, jiggin aboot. 'Let's try it oot! Let's gie some tae a chookie!'

'In the name o the wee man, will you no calm

doon a bit?' Mrs Kranky said as she cam intae the kitchen.

'*Calm doon?*' skirled Mr Kranky. 'Ye want me tae *calm doon* and here's us bilin up the brawest medicine ever discovered in the history o the warld! Let's get tae it, Geordie! Dook a tassiefu oot o the muckle pot and tak a spoon and we'll gie some tae a chookie jist tae mak absolutely certain we hae the richt mixter.'

Ootside in the yaird, there were a wheen o chookies that hadna had ony o Geordie's Mingin Medicine Nummer Yin. They were dabbin aboot in the stoor the glaikit wey chookies dae.

Geordie hunkered doon, haudin oot a spoonfu o Mingin Medicine Nummer Twa. 'Come on, chookie,' he said. 'Guid chookie. Chook-chook-chook-chook.'

A white chookie wi bleck fernietickles on its fedders keeked up at Geordie. It hoddled ower tae the spoon and gaed *dabbity-dab.*

Medicine Nummer Twa didna hae jist the same effect on this chookie as Medicine Nummer Yin, but it wis gey interestin. '*Whoosh!*' skraiked the chookie and it skited sax fit up in the air and cam doon again. Then *spairks* cam fleein oot o its neb, bricht yellae spairks o fire, as if somebody wis shairpenin a gully on a grindstane inside its belly. Then its shanks sterted tae grow langer. Its body steyed the same size but the twa skinnymalinky yellae shanks got langer and langer and langer … and langer yet …

'Whit's happenin tae it?' skirled Mr Kranky.

'Something's wrang,' Geordie said.

The shanks cairried on growin and the mair they grew, the heicher up intae the air gaed the chookie's body. When the shanks were aboot fifteen fit lang, they stapped growin. The chookie wis noo a richt stupit-lookin thing wi its lang lang shanks and its ordinary wee body awa up on tap. It looked like a chookie on stilts.

'Oh, ma auntie's nickie-tams!' skirled Mr Killy Kranky. 'We've got it wrang! This chookie's nae guid tae onybody! It's aw jist shanks! Naebody wants chookie's shanks!'

'I must hae left somethin oot,' Geordie said.

'I *ken* ye've left somethin oot!' skirled Mr Kranky. 'Think, laddie, think! Whit wis it ye left oot?'

'I ken!' Geordie said.
'Whit wis it, quick?'
'Flee pooder for dugs,' Geordie said.

'Ye mean ye pit *flee* pooder in the first yin?'

'Aye, Da, I did. A haill cairton o it.'

'Then yon's the answer!'

'Haud on a meenit,' Geordie said. 'Did we hae broon shoe-polish on oor leet?'

'We didna,' said Mr Kranky.

'I used that, tae,' said Geordie.

'Weel, nae *wunner* it turned oot wrang,' said Mr Kranky. He wis awready runnin tae his car, and soon he wis heidin doon tae the clachan tae buy mair flee pooder and mair shoe-polish.

Mingin Medicine Nummer Three

'Here it's!' skirled Mr Killy Kranky, breengin intae the kitchen. 'Yin cairton o flee pooder for dugs and yin tin o broon shoe-polish!'

Geordie poored the flee pooder intae the giant muckle pot. Then he howked the shoe-polish oot o its tin and pit yon in as weel.

'Steer it up, Geordie!' shouted Mr Kranky. 'Gie it anither bile! We hae it this time! I'll bet ye we hae it!'

Efter Mingin Medicine Nummer Three had been biled and steered, Geordie taen a tassiefu o it oot intae the yaird tae try it on anither chookie. Mr Kranky ran efter him, waggin his airms and jiggin wi excitement. 'Cam oot and watch this yin!' he cawed tae Mrs Kranky. 'Cam oot and watch us chynge an ordinary chookie intae a braw big muckle yin that lays eggs the size o fitbaws!'

'I hope ye dae better than last time,' said Mrs Kranky, follaein them oot.

'Come on, chookie,' said Geordie, haudin oot a spoonfu o Medicine Nummer Three. 'Guid chookie. Chook-chook-chook-chook-chook. Hae some o this braw medicine.'

A fantoosh bleck cockieleerie wi a bricht reid comb cam struntin ower. The cockieleerie keeked at the spoon and gaed *dabbity-dab.*

'*Cock-a-doodle-do!*' squaiked the cockieleerie, skitin up intae the air and drappin back doon again.

'Watch him noo!' skirled Mr Kranky. 'Watch him grow! Ony meenit he's gonnae stert gettin mair and mair muckle!'

Mr Killy Kranky, Mrs Kranky and wee Geordie stood in the yaird gawpin at the bleck cockieleerie. The cockieleerie stood stane still. It looked like it had a sair heid.

'Whit's happenin tae its craigie?' Mrs Kranky said.

'It's langer gettin,' Geordie said.

'Ye're no wrang it's langer gettin,' Mrs Kranky said.

Mr Kranky, for wance, held his wheesht.

'Last time it wis the shanks,' Mrs Kranky said. 'Noo it's the craigie. Wha wants a chookie wi a lang craigie? Ye canna eat a chookie's craigie.'

It wis a byordinar sicht. The cockieleerie's body hadna grown at aw. But the craigie wis noo aboot sax fit lang.

'Awricht, Geordie,' Mr Kranky said. 'Whit mair did ye forget?'

'I dinna ken,' Geordie said.

'Aye ye dae,' Mr Kranky said. 'Think, laddie, *think.* There's mibbe jist yin vital thing missin and ye hae tae mind whit it is.'

'I pit in some engine ile fae the gairage,' Geordie said. 'Did ye hae that on yer leet?'

'Eureka!' skirled Mr Kranky. 'Yon's the answer! Hoo muckle did ye pit in?'

'Hauf a pint,' Geordie said.

Mr Kranky ran oot tae the gairage and foond anither hauf-pint o ile. 'And some anti-freeze,' Geordie cawed efter him. 'I splairged in a daud o anti-freeze.'

Mingin Medicine Nummer Fower

Back in the kitchen wance mair, Geordie, wi Mr Kranky watchin him wi anxious een, cowped hauf a pint o engine ile and some anti-freeze intae the giant muckle pot.

'Bile it up again!' skirled Mr Kranky. 'Bile it and steer it!'

Geordie biled it and steered it.

'Ye'll never get it richt,' said Mrs Kranky. 'Dinna forget ye dinna jist need tae hae the same things but ye've got tae hae exactly the same *amoonts* o thae things. And hoo can ye possibly dae that?'

'You keep oot o this!' skirled Mr Kranky. 'We're daein fine! We hae it this time, jist you wait and see if we dinna!'

This wis Geordie's Mingin Medicine Nummer Fower, and when it had biled for twa-three meenits, Geordie wance mair cairried a tassiefu o it oot intae the yaird. Mr Kranky ran efter him. Mrs Kranky follaed mair slowly. 'Ye're gonnae hae some gey unco-lookin chookies aroond here if ye cairry on like this,' she said.

'Dish it oot, Geordie!' skirled Mr Kranky. 'Gie a

spoonfu tae that yin ower there!' He pointed tae a broon chookie.

Geordie knelt doon and held oot the spoon wi the new medicine in it. 'Chook-chook,' he said. 'Tak some o this.'

The broon chookie hoddled ower and keeked at the spoon. Then it gaed *dabbity-dab*.

'*Owch!*' it said. Then an unco whistlin soond cam oot o its neb.

'Watch it grow!' shouted Mr Kranky.

'Dinna be sae sure,' said Mrs Kranky. 'Whit wey's it whistlin like that?'

'Wheesht, wumman!' skirled Mr Kranky. 'Gie it a chance!'

They stood there gawpin at the broon hen.

'It's gettin wee-er,' Geordie said. 'Look it, Da. It's skrunklin.'

And sae it wis. In less than a meenit, the chookie had skrunkled doon tae the size o a new-born chookie. It looked eediotic.

Cheerio Grannie

'There's aye somethin ye've left oot,' Mr Kranky said.

'I canna think whit it micht be,' Geordie said.

'Gie up,' Mrs Kranky said. 'Stap it noo. Ye'll never get it richt.'

Mr Kranky looked sair forfochen.

Geordie looked gey scunnered, tae. He wis aye kneelin on the groond wi the spoon in yin haund and the tassie fou o medicine in the tither. The eedi-otic-lookin tottie broon chookie wis hoddlin slowly awa.

At that point, Grannie cam breengin intae the yaird. Fae her awfie hicht, she glowered doon at the three folk ablow her and she shouted, 'Whit's gaun on aroond here? Hoo has naebody brocht me ma mornin tassie o tea? It's bad eneuch haein tae sleep in the yaird wi the rattons and the mice but there's nae wey I'm gonnae sterve as weel! Nae tea! Nae eggs and bacon! Nae buttered toast!'

'I'm sorry, Mither,' Mrs Kranky said. 'We've been awfie busy. I'll get ye somethin richt awa.'

'Get Geordie tae bring it, the hert-lazy wee wick!' Grannie shouted.

Jist then, the auld wumman catchit sicht o the tassie in Geordie's haund. She bent doon and peered intae it. She saw that it wis fou o broon jibble.

It looked awfie like tea. 'Weel, weel!' she skirled. 'Richtitie-pichtitie! Sae that's yer gemm, is it! Ye look efter yersel awricht, eh no? Ye mak gey sure *ye've* got a braw tassie o forenoon tea! But ye didna think tae bring yin tae yer puir auld Grannie! I ayewis kent ye were a grabbie grumphie!'

'Naw, Grannie,' Geordie said. 'This isna . . .'

'Dinna lee tae me, laddie!' the muckle auld carline shouted. 'Haund it up here this meenit!'

'Naw!' skirled Mrs Kranky. 'Naw, Mither, dinna! That's no for you!'

'Noo *you're* against me, tae!' shouted Grannie. 'Ma ain dochter tryin tae stap me haein ma breakfast! Tryin tae sterve me oot!'

Mr Kranky keeked up at the ugsome auld wumman and he smiled a douce wee smile. 'Aye, sure it's for you, Grannie,' he said. 'You tak it and get it doon ye while it's guid and het!'

'Dinna think I winna,' Grannie said, bendin doon fae her awfie hicht and raxin oot a muckle baney haund for the tassie. 'Haund it ower, Geordie.'

'Naw, naw, Grannie!' Geordie cried oot, pouin the tassie awa. 'Ye canna! Ye're no tae hae it!'

'Gie it tae me, laddie!' yowled Grannie.

'Dinna!' skirled Mrs Kranky. 'Yon's Geordie's Mingin . . .'

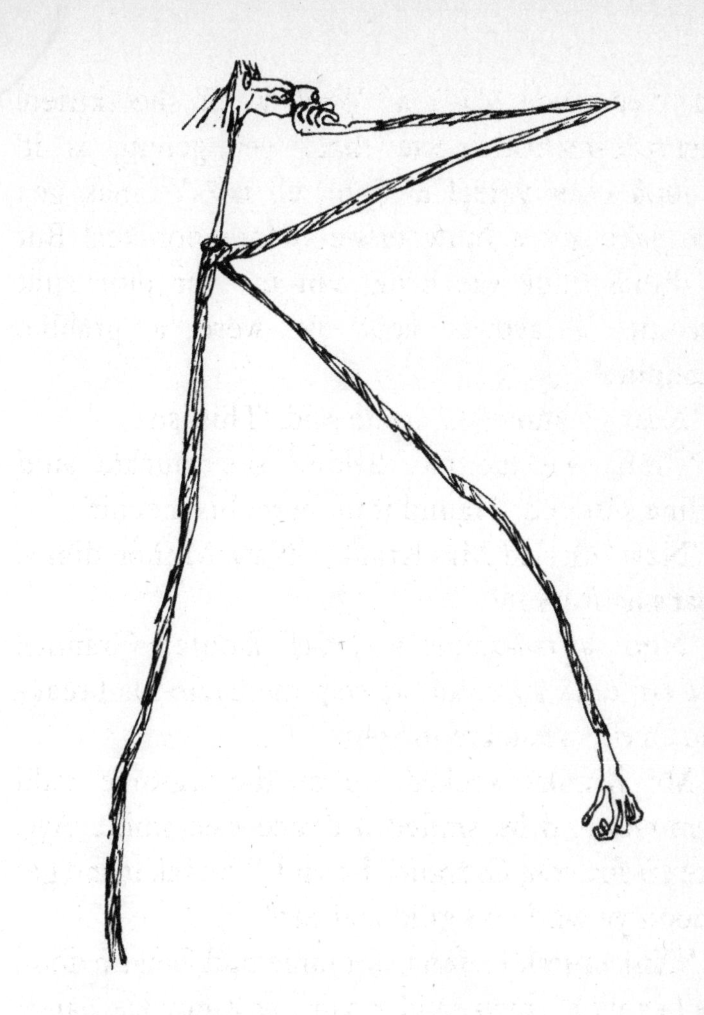

'Awthin belangs Geordie roond here!' shouted Grannie. 'Geordie's this! Geordie's yon! I'm

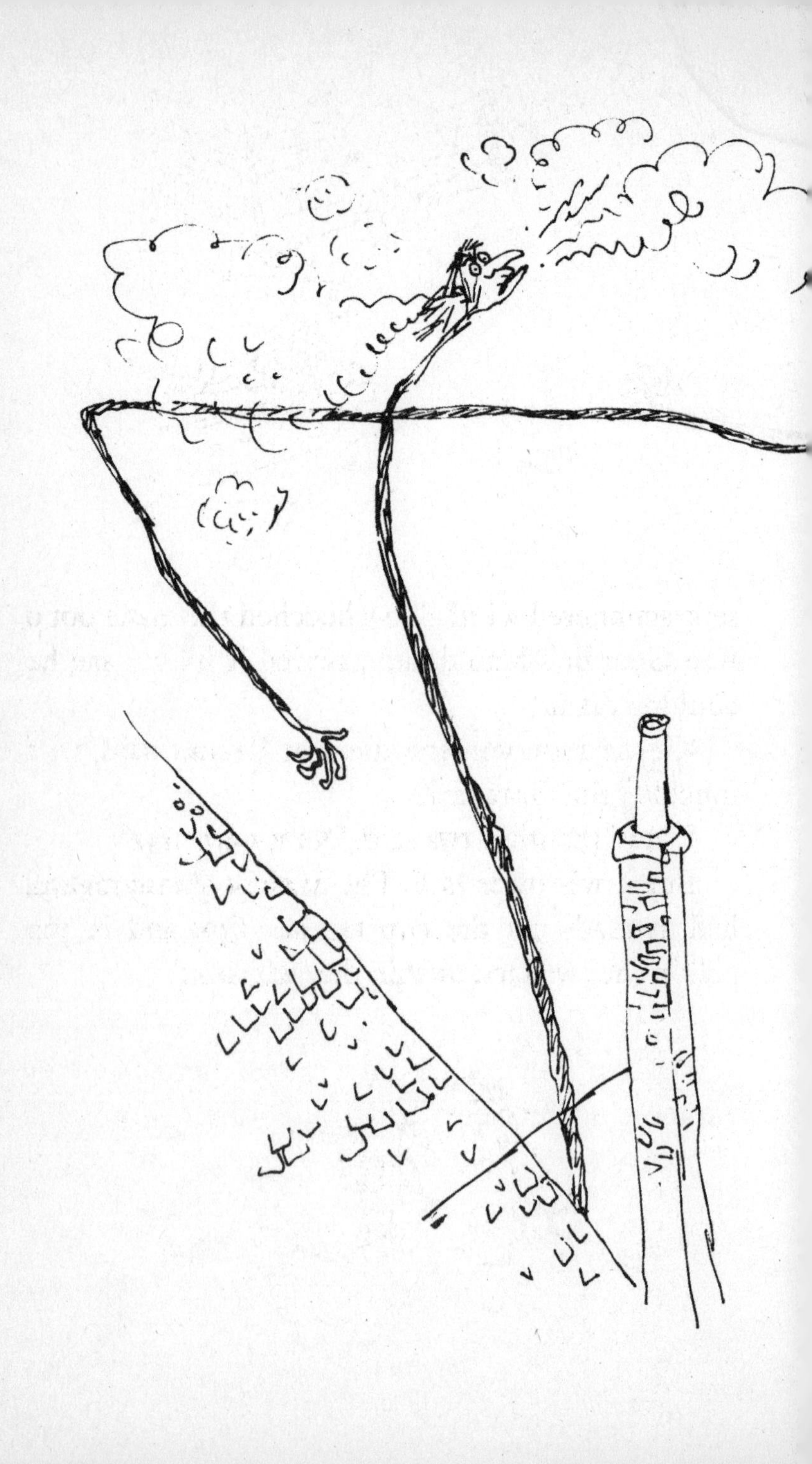

seik-scunnered wi it!' She wheeched the tassie oot o wee Geordie's haund and cairried it hie up sae he couldna rax it.

'Get it doon ye, Grannie,' Mr Kranky said, wi a muckle grin. 'Braw tea.'

'Naw!' the ither twa said. 'Naw, naw, naw!'

But it wis ower late. The ancient skinnymalink had awready pit the cup tae her lips, and in yin gollop she swallaed awthin that wis in it.

'Mither!' pewled Mrs Kranky. 'Ye've jist drunk fifty doses o Geordie's Mingin Medicine Nummer Fower and look whit yin tottie spoonfu did tae yon wee auld broon chookie!'

But Grannie didna even hear her. Muckle cloods o steam were awready poorin oot o her mooth and she wis stertin tae whistle.

'This is gonnae be interestin,' Mr Kranky said, aye grinnin.

'Noo ye've done it!' skirled Mrs Kranky, glowerin at her guidman. 'Ye've biled the auld wife's biscuits!'

'I didna dae onythin,' Mr Kranky said.

'Aye ye did! Ye telt her tae drink it!'

A muckle hissin soond wis dirlin fae aboon their heids. Steam wis skitin oot o Grannie's mooth and neb and lugs and whistlin as it cam.

'She'll feel better efter she's let aff a bit o steam,' Mr Kranky said.

'She's gonnae blaw up!' Mrs Kranky pewled. 'Her biler's gonnae brust!'

'Staund clear,' Mr Kranky said.

Geordie wis a wee bit fleggit. He stood up and jinked back a wheen paces. The spoots o steam keepit skooshin oot o the skinnymalinky auld carline's heid, and the whistlin wis sae hie and shill it wis sair on the lugs.

'Caw the fire-brigade!' skirled Mrs Kranky. 'Caw the polis! Bring watter fae the troch!'

'Ower late,' said Mr Kranky, lookin gey pleased.

'Grannie!' skraiked Mrs Kranky. 'Mither! Run tae the drinkin-troch and pit yer heid unner the watter!'

But even as she spoke, the whistlin aw o a sudden stapped and the steam skailed. That wis when Grannie sterted tae get wee-er. She had sterted aff wi her heid as hie as the roof o the hoose, but noo she wis gangin doon fast.

'Watch this, Geordie!' Mr Kranky shouted, lowpin aroond the yaird and waggin his airms.

'Watch whit happens when somebody's had fifty spoonfus insteid o yin!'

Gey soon, Grannie wis back tae her normal hicht.

'Stap!' skirled Mrs Kranky. 'That's jist richt.'

But she didna stap. Wee-er and wee-er she got … doon and doon she gaed. In anither hauf meenit she wis aboot the size o a bottle o ginger.

'Hoo dae ye feel, Mither?' spiered Mrs Kranky.

Grannie's peerie face aye had the same boggin and bealin expression as usual. Her een, nae mair muckle noo than wee keyholes, were bleezin wi anger. 'Hoo dae I *feel*?' she yowled. 'Hoo dae ye *think* I feel? Hoo wid *you* feel if ye'd been a gallus giant yin meenit and aw o a sudden ye're a dorty drochle?'

'She's gaun yet!' shouted Mr Kranky. 'She's still wee-er gettin!'

And by jings, she wis.

When she wis nae mair muckle than a cigarette, Mrs Kranky grupped her wi her haunds. She held her on her loof and she skirled, 'Hoo dae I stap her gettin even mair wee-er?'

'Ye canna,' said Mr Kranky. 'She's taen fifty doses o the richt amoont.'

'I *hae* tae stap her!' Mrs Kranky pewled. 'I can haurdly see her as it is.'

'Catch haud o baith ends and pou,' Mr Kranky said.

By then, Grannie wis the size o a match-stick and aye skrunklin fast.

A moment efter, she wis nae mair muckle than a peen ...

Then an aipple seed ...

Then ...

Then ...

'Where is she?' skirled Mrs Kranky. 'I've tint her.'

'Hooray,' said Mr Kranky.

'She's gane. She's disappeared awthegither!' skirled Mrs Kranky.

'That's whit happens tae ye if ye're crabbit and carnaptious,' said Mr Kranky. 'Braw medicine o yours, Geordie.'

Geordie didna ken whit tae think.

For twa-three meenits, Mrs Kranky keepit hirplin roond wi a dumfoonert look on her face, sayin, 'Mither, where are ye? Where hae ye gane?

Where are ye awa tae? Hoo can I find ye?' But efter a wee while, she calmed doon. And by denner time, she wis sayin, 'Och weel, I doot it's aw for the best. She wis a bit o a pain in the bahookie, eh no?'

'Aye,' Mr Kranky said. 'She maist definitely wis.'

Geordie didna say a word. He felt gey shooglie. He kent somethin mervellous had taen place that mornin. For twa-three brief moments he had touched wi the nebs o his ain fingers the edge o a magic warld.